MAIS 7 HISTÓRIAS DE GELAR O SANGUE

Antônio Schimeneck

7 MAIS HISTÓRIAS DE GELAR O SANGUE

1ª edição / Porto Alegre-RS / 2024

Capa, projeto gráfico e ilustrações: Marco Cena
Revisão: Maria Cláudia
Produção editorial: Bruna Dali e Maitê Cena
Assessoramento de edição: André Luis Alt

Dados Internacionais de Catalogação na Publicação (CIP)

S362m Schimeneck, Antônio
Mais 7 histórias de gelar o sangue. / Antônio Schimeneck. –
Porto Alegre: BesouroBox, 2024.
96 p.: il.; 14 x 21 cm

ISBN: 978-85-5527-149-6

1. Literatura infantojuvenil. 2. Contos. I. Título.

CDU 82-93

Bibliotecária responsável Kátia Rosi Possobon CRB10/1782

Edições BesouroBox Ltda.
Rua Brito Peixoto, 224 - CEP: 91030-400
Passo D'Areia - Porto Alegre - RS
Fone: (51) 3337.5620
www.besourobox.com.br

Impresso no Brasil
Outubro de 2024.

Para Altino e Maria,
bases de quem sou.

1 A MEMÓRIA DO MEDO

[Um ar gélido nos fez puxar a coberta dobrada ao pé da cama]

Como ao redor de uma fogueira em noite escura,
conta-se em voz sussurrante um ao outro o que, se
não aconteceu, poderia muito bem ter acontecido
nesse imaginoso mundo de meu Deus."

Clarice Lispector

Se consigo lembrar de eventos acontecidos no distante passado?

Alguns rostos me surgem borrados, como os do pai, da mãe e o da irmã mais velha, pois a presença deles é saudade há anos. De uns tempos para cá, talvez pela idade avançada, dei de resgatar pequenos eventos cotidianos presos no calabouço da memória. Eles se soltam pouco antes de eu adormecer. É fechar os olhos à espera do sono e o cantar dos grilos atravessa a escuridão da casa da infância sem luz elétrica, galinhas cacarejam a adivinhar raposas, corujas piam em anúncio de mau agouro, e sinto o cheiro de sol com anil nos lençóis pendurados no varal.

Alguns eventos, no entanto, marcam presença constante na lembrança. Episódios vivenciados por mim, pela minha mãe e pelas minhas irmãs e que seguem intactos desde sempre em meu pensamento.

Vou contar.

Nunca sabíamos quando o pai regressaria das viagens no transporte de tropas de gado de um lado para o outro em busca de matadouro. As ausências podiam durar dias e até meses.

Não havia sinal de fumaça.

Nem cartas.

Muito menos telefonemas.

Tampouco mensagens instantâneas.

Era o tempo do silêncio e das esperas intermináveis. Dos acasos das chegadas.

Precisávamos, sozinhas, administrar a casa, o jardim de flores do campo, o canteiro de ervas medicinais, a lavoura, meia dúzia de cabeças de gado, as galinhas, os porcos, os dois cachorros vira-latas e rezar para nada de extraordinário acontecer: doença, queda ou picada de bicho peçonhento. A vida reduzida a conduzir o comum da sobrevivência. Nada tão fora da realidade de tantas outras pessoas habitantes de recantos perdidos como o nosso.

Pois, justo durante os longos períodos de ausência do pai, os fatos aterrorizantes se davam.

À luz do lampião, a mãe preparava a refeição da noite no fogão à lenha. Eu e minhas irmãs, com os olhos a arder de sono, acompanhávamos os movimentos comuns e previsíveis. A madeira seca de eucalipto crepitava, a chapa de ferro esquentava a cozinha inteira. A sopa de legumes borbulhava, o cheiro de milho verde impregnava o ar. O pão, amassado horas antes, assava sobre as brasas no forno.

Então escutávamos o vento a açoitar o telhado. As galinhas se agitavam, e os cães começavam a uivar. Lá dentro, o medo estampado em cada rosto. Junto da ventania, o galope de cavalos ao redor da casa. Os animais relinchavam em agonia, como se chicoteados. Para completar, vozes horripilantes sussurravam palavras incompreensíveis.

A mãe fazia o sinal da cruz diante do altar de São Jorge. Uma vela sempre a queimar ao santo de sua devoção. Dizia para não temermos, seu padroeiro protegeria a casa.

Espiávamos o escuro pelas frestas.

Nada víamos, apenas o som dos cascos a bater contra o chão, os relinchos a cortar o silêncio dos campos, e os sussurros insistindo em maltratar nosso sistema nervoso.

A mãe pegava um dos lampiões à querosene e abria a porta, resoluta.

Lá fora, silêncio absoluto.

Nesses dias de terror, o aroma do pão quase assado passava desapercebido.

A fome desaparecia, e os arrepios atravessavam o corpo.

Esses episódios não eram os únicos.

Havia um ainda mais tenebroso. Quando lutávamos para manter os olhos abertos, os lampiões ajudavam a guiar nossos passos até a cama. Cama larga, onde eu e minhas duas irmãs tentávamos conciliar o sono.

Tentávamos.

Sem alcançar objetivo.

Não era algo físico a incomodar. Uma energia nos prendia na cama e asfixiava. Espécie de pesadelo interrompido quando uma de nós conseguia se soltar em meio a gritos e choro.

Numa de suas vindas, o pai trouxe com ele um tal vidente da cidade. O homem andou pela propriedade: entre as galinhas, os cães, no estábulo com bois, vacas e terneiros, perto do chiqueiro dos porcos. Balbuciava uma espécie de reza, sempre com a Bíblia aberta em uma das mãos.

Por último, chegou ao quarto onde mal dormíamos.

Ali, se deteve de forma mais demorada. O pai, depois de conversar a sós com o homem, encilhou o cavalo e saiu em busca de vizinhos dispostos a ajudar na empreitada.

O gramado defronte à casa ficou repleto de gente, umas empenhadas na tarefa pesada, outras movidas apenas pela curiosidade, e algumas envolvidas na preparação do almoço. Não faltou um punhado de crianças.

O trabalho virou festa.

Antes do banquete, o tal vidente orientou a tarefa a ser realizada. Sob suas ordens, as batidas secas dos martelos se sobrepuseram ao canto dos pássaros. Esvaziaram nosso quarto. As tábuas convertidas em parede foram arrancadas uma a uma. Por fim, a retirada do assoalho mostrou o solo escondido desde a construção da casa num tempo ignorado. E as pás e as picaretas entraram em ação. Alguns homens cavavam no lugar indicado, outros carregavam a terra para fora do desfigurado quarto.

As crianças corriam pelo pátio, subiam nas árvores e inventavam brincadeiras. Eu não conseguia desviar a atenção do desenrolar das atividades na casa. Acompanhei o vai e vem da terra retirada e, aos poucos, uma cratera se abriu na terra vermelha.

Quando o buraco alcançou a altura da cintura dos cavadores, as pás bateram numa rocha.

O sol se apagava no horizonte quando a escavação findou, deixando uma enorme pedra a descoberto. Sua forma arredondada parecia esculpida por mãos humanas. Uma bola gigante repleta de manchas avermelhadas, certamente originadas do contato com o solo vermelho e úmido. Passar a mão na pedra era o mesmo que tisnar a pele com sangue fresco. Como o artefato foi parar sob o quarto ninguém foi capaz de explicar. Três juntas de bois foram necessárias para sua retirada. Amarrado em correntes, o pedaço de rocha foi arrastado, uma marca funda rasgando o chão por onde passava.

A pedido de meu pai, deixaram o achado diante da residência.

No dia seguinte, o clima de festa continuava. O vidente foi embora atender outros chamados. Coube à vizinhança recolocar a terra vermelha no devido lugar, depois o assoalho e, por fim, a parede. E comemorar o achado. A mesa foi posta diante da imensa pedra. Toda gente orgulhosa em fazer parte da descoberta.

A euforia se estendeu por alguns dias.

Gente peregrinou de toda a região para ver o fenômeno.

Até mesmo um jornal da capital apareceu. Fotografaram e fizeram perguntas. Se veicularam alguma reportagem, desconheço. Nessa época os jornais passavam longe do nosso fim de mundo.

E, como de praxe, as especulações andavam de boca em boca. Escutei uma conversa num grupo de mulheres. A avó de uma delas contava que, no passado, nossa propriedade funcionou como um local de culto ao mal. A enorme pedra servia de altar a sacrifícios, por isso o vermelho pegajoso a verter da rocha como sangue.

Suposições à parte, o melhor de tudo foi poder dormir em paz. Nos dias seguintes à descoberta, nenhum sono teve interrupção em plena madrugada. No silêncio e na escuridão profunda da casa, dormíamos o sono dos justos. A normalidade reinava. O pai resolveu voltar à estrada e às longas viagens a cavalo, afinal, precisava levar o gado das fazendas vizinhas aos longínquos matadouros.

Antes de sua partida, algo de estranho aconteceu. No meio da noite, eu e minhas irmãs acordamos em sobressalto. Uma sensação de pavor sem motivo aparente nos invadiu. Junto dela, um ar gélido nos fez puxar a coberta dobrada ao pé da cama. Ficamos abraçadas, na tentativa de reconciliar o sono. Sentimos as primeiras luzes da manhã invadindo as frestas.

Escutamos o pai acender o fogo, colocar a chaleira com água sobre a chapa do fogão e escancarar a porta. Então, os xingamentos embaçaram a manhã.

A enorme pedra, agora elevada à categoria de ponto turístico, havia desaparecido. Inconsolável, o pai andava de um lado para o outro do pátio, procurava rastros, tentava entender como algo tão grande e pesado sumira sem deixar vestígios. O único sinal aparente era a marca no terreno por onde a pedra fora arrastada. Tal tarefa de remoção só seria possível caso uma força descomunal suspendesse o imenso pedaço de rocha pelos campos.

A peregrinação de visitantes durou o dia inteiro. Todos procuravam entender o acontecido.

O pai precisava partir, não esperou anoitecer e tomou o rumo da estrada. Ficamos sozinhas. A escuridão a se instalar aos poucos. Apenas o lampião de luz bruxuleante a fazer frente ao breu do mundo.

A confirmação de que nada ia bem se deu ao escutarmos o uivo dos cães. Relinchos cortaram a noite, e ouvimos o trote dos cavalos em volta da casa. A ventania sacudia o telhado. A mãe fez o sinal da cruz sobre o peito e começou a mover os lábios em reza. A vela crepitava aos pés de São Jorge, o guerreiro. Com o lampião em punho, abriu a porta. E o silêncio se instalou.

Volta e meia o trote dos cavalos circundava a casa, o vento zumbia nos vãos das paredes, trazia vozes a dizerem palavras impossíveis de serem entendidas, e o sono era entrecortado pelos terrores noturnos.

Por esses dias, um vizinho, companheiro de tropeadas de nosso pai, passou por ali com notícias e mantimentos. A mãe mandou recado. As coisas voltaram a ser como antes na propriedade. Talvez um pouco piores, pois as olheiras em nossos rostos de criança se aprofundavam cada vez mais por conta das noites mal dormidas.

Sem demora, o pai voltou na companhia do vidente da cidade. O visitante andou pela casa, parou em nosso quarto e ordenou a retirada dos móveis e do assoalho. Tudo de novo.

Com o pátio crivado de curiosos, foi fácil encontrar braços e colocar mãos à obra. Como da outra vez, escavaram a terra ainda fofa desde a última empreitada. A animação era geral, riam alto, lembravam de histórias e andanças. De repente, se calaram. Com o buraco na altura da cintura, as pás bateram em algo sólido. O suficiente para descobrirem a pedra arredondada e esculpida por mãos humanas. Eles largaram as ferramentas e pularam da cova como se pisassem em brasas. No pátio, um silêncio melancólico se instalou. A vizinhança debandou aos poucos.

Ficamos nós e o visitante da cidade com poderes sobrenaturais.

Ele também carecia de respostas.

Meus pais empilharam os parcos pertences em um carroção puxado por dois bois mansos. E partimos.

Na busca por esquecer a história, escolhemos o silêncio. Tratamos de viver nova vida. Mas, devo confessar, a memória dos fantasmas do passado permanece. A última imagem do lugar de tanto pavor persiste, gravada na retina. Antes de virarmos na primeira curva da estrada, voltei o olhar e avistei, de forma nítida, figuras encapuzadas ao redor da casa. Com gestos, avisei minha mãe. Ela pôs os dedos sobre os lábios em pedido de silêncio, apontou a imagem de São Jorge bem segura entre os braços e me obrigou a olhar adiante.

Sempre em frente.

2 A DAMA BRANCA

[Um frio inexplicável percorreu meu corpo inteiro]

Para o professor Adalberto, que contou uma história parecida numa noite de relatos assombrosos no CMET Paulo Freire.

"Como derradeiro esforço para tocar a eternidade, alguns jazigos se mantinham inteiros, resistindo ao tempo, mas não ao esquecimento."
Mariléia Sell

Ao me perguntarem o motivo de eu ter escolhido a profissão de Assistente Social, dou respostas pré-fabricadas: lutar pelos direitos dos cidadãos e cidadãs, prezar pela democracia, promover políticas públicas para a emancipação das pessoas, até embalo um clichê: a busca do bem comum, de preferência dos mais desamparados.

No entanto, a mim mesmo é impossível negar os fatos. A decisão de trabalhar com crianças em situação de abandono veio da exigência de um olhar tenebroso. O olhar de uma mulher em estado de fúria. A explicação de como tudo aconteceu precisa de uma volta no tempo e de vasculhar uma memória de garoto na Porto Alegre da década de noventa, até uma noite passada no cemitério.

É isso mesmo.

Para ajudar, foi uma noite incomum, de tempestade, igual as de filme de terror.

Bem assim.

Mas, vamos por partes.

Meu pai exercia a função de guarda municipal. Havia uma escala semanal. A partir dela, os servidores eram designados a monitorarem o trânsito, a fazer as rondas em prédios públicos, a acompanharem autoridades, a dar apoio a diversos setores, inclusive parques, praças, escolas e... a vigiarem os cemitérios — das tarefas, a menos desejada.

Meu pai sentia medo? Nada. Era homem de se divertir com as histórias do outro mundo. Nunca fora religioso, nem supersticioso, tampouco explorava o lado sobrenatural da vida. Mas não gostava de guardar o cemitério. Por um motivo simples: o deslocamento. Para chegar lá, precisava tomar duas conduções e sacolejar por no mínimo quatro horas entre ir e voltar para casa. Aumentava o tempo, caso houvesse congestionamento nas imediações da Azenha. Quando tinha jogo no antigo Olímpico, o entorno do estádio ficava intransitável.

Meu pai não se impressionava com o cemitério. Os colegas de trabalho, no entanto, morriam de medo de passar a noite por lá. Pela dificuldade em conseguir voluntários, o chefe elaborou uma estratégia. Quem atrasasse ou faltasse ao trabalho sem justificativa plausível seria escalado a passar a noite no campo-santo. Meu velho prezava a pontualidade. Mas, numa manhã escaldante de fevereiro, a Avenida Ipiranga foi se tornando cada vez mais lenta. Ao perceber o inevitável atraso, desceu do ônibus e correu até a quarta zona da Guarda Municipal. Chegou cinco minutos depois do horário. Na sexta-feira seguinte, seu nome constava na escala do turno da noite no São João.

A ideia de ir junto partiu de mim. Me empolgaram o desafio de passar a noite inteira na última morada dos mortos e a vontade de ter uma boa história para contar na escola segunda-feira. Apesar de ser vedado aos guardas levar acompanhantes ao ambiente de trabalho, insisti tanto para ir junto que meu pai decidiu burlar a lei.

Fomos até o centro de Porto Alegre a fim de embarcar no ônibus rumo ao bairro Higienópolis, onde se localizava o enorme cemitério. Nas imediações do Mercado Público, uma cena ficou marcada em minha memória: policiais e populares corriam atrás de um grupo de crianças. Uma por uma, elas mergulharam numa boca de lobo, em direção aos esgotos da cidade. Era o auge do descaso com meninos e meninas vítimas do desarranjo social crônico do Brasil. O submundo da cidade parecia um lugar mais ameno para sobreviverem.

Chegamos ao nosso destino. O dia executava seus mistérios. O sol faiscava nos letreiros dos túmulos. O meio termo entre o dia e a noite se espalhava nos corredores soturnos das quadras repletas de sepulturas. O guarda do diurno cumprimentou meu pai com efusividade e deu uma piscadela ao me ver, espécie de acordo silencioso de quem faria vista grossa ao fato de eu estar por ali transgredindo as normas do trabalho.

Ao sair, o homem fez uma recomendação. Antes de irmos embora, deveríamos nos dirigir à Cruz Mestre e deixar lá toda a energia do lugar a fim de não levarmos nada para casa.

Não consegui evitar o embrulho no estômago. E a sensação desagradável de ser observado. E o sobressalto com o menor barulho. E a impressão de uma presença de outro mundo a pairar nos cantos sombrios.

Realizamos a primeira ronda. O escuro ainda não dominava o lugar por completo. Fez calor intenso durante a semana inteira e, às nove da noite, choveu forte. Depois do aguaceiro, o ar permaneceu abafado. Relâmpagos regulares cortavam a escuridão.

A gente torcia por uma noite calma. Sem sinistros.

E como a paz de um cemitério poderia ser ameaçada?

Pelos roubos. Sim. Eles aconteciam. Túmulos são violados na busca por objetos de valor entre os restos mortais, também para a realização de rituais ou então nos desafios de coragem, quando grupos, em especial de jovens, caminham pelas campas a provocar o medo.

Da guarita, tínhamos visão privilegiada do espaço. Os postes colocados em locais estratégicos permitiam, caso houvesse necessidade, a iluminação do terreno inteiro. Realizamos a última ronda perto da meia-noite, voltamos ao posto e apagamos as luzes. No rádio de pilhas, a voz sussurrante e melosa de um comunicador lia declarações amorosas de ouvintes enquanto tocava os hits internacionais do momento. O sono começava a me vencer. A ilusão de passar a noite acordado não mais parecia uma boa ideia. Me recostei no sofá e fechei os olhos.

O som veio de longe. Um tilintar cortou o silêncio da noite abafada. Meu pai desligou o rádio e se pôs em alerta. Alguém andava entre as sepulturas. Fez menção de acender as luzes, mas refreou o impulso. Decidiu esperar um pouco. Os sussurros chegaram até nós.

— São crianças de rua. Vêm aqui arrancar toda a espécie de metal para vender — disse meu pai.

Pelo protocolo, a Brigada Militar deveria ser chamada. Os policiais lavrariam mais um dos tantos boletins de ocorrência, talvez até agissem com violência contra os garotos. Em vez disso, teve uma ideia. Sussurrou para eu pegar a lanterna e o seguir. Caminhamos em silêncio entre os túmulos. Descemos uma elevação e nos aproximamos do grupo descontraído na tarefa de arrancar cruzes e letreiros de metal. Meu pai respirou fundo e correu em direção aos pequenos invasores berrando de forma assustadora.

Um grito e tanto.

E funcionou.

Os garotos pularam por cima dos túmulos, perderam chinelos, facas, subiram no muro e ganharam a rua. Meu pai riu satisfeito. Com o facho de luz, recolheu as peças arrancadas e colocadas em sacolas plásticas.

Nesse instante, o tempo mudou. O vento soprou fazendo as árvores balançarem com força. Além disso, relâmpagos, trovões e raios transformaram o ambiente num verdadeiro cenário de terror. O mundo parecia desabar sobre o cemitério.

Não queira presenciar uma cena dessas.

Procurei me manter junto de meu pai. Ansiava voltar à segurança da guarita. Após recolher as sacolas, seguimos em direção ao abrigo. E, aqui, começa a parte mais sinistra da história. Nos filmes de suspense, a lanterna sempre falha. Pois, tal como na ficção, nossa fonte de luz piscou duas ou três vezes e se apagou. Os relâmpagos iluminavam o campo-santo. Num desses momentos de flashes momentâneos, nós a vimos. Parada ao lado do meu pai. O rosto pálido, os cabelos escorridos pela chuva, toda de branco, o braço esticado a apontar um mal cometido.

Um frio inexplicável percorreu meu corpo inteiro. Os flashes dos relâmpagos iluminaram o pavor no semblante de meu pai.

Corremos, e, sem encontrarmos a escada, subimos pela parte de terra transformada em barranco de lama depois da enxurrada do começo da noite. Ao chegarmos à guarita, estávamos irreconhecíveis. Cobertos de barro, grama e medo.

O prenúncio de tempestade lá fora parou como iniciou: de chofre. Os relâmpagos cessaram. Permaneceram a escuridão entre os túmulos, o abafado da noite e o pavor a rondar a pequena guarita. Meu pai e eu só esperávamos o dia amanhecer para deixarmos o lugar. Talvez, assim, o arrepio na espinha fosse substituído pelo respirar com tranquilidade fora dos muros que cercavam a morte.

Se dormi no restante da noite? Não posso chamar de sono a série de pesadelos entrecortados. A madrugada se arrastou e, enfim, avistamos os primeiros raios da aurora. Às sete da manhã, se deu a troca de turno. O guarda substituto percebeu, no barro das roupas e nas olheiras a encovar nossas faces, que algo fugira do controle.

Fomos ao local do evento, desta vez protegidos pela plenitude da luz do dia. O velho homem riu às soltas com as marcas deixadas no caminho até a guarita. A desabalada corrida registrada no lodo. E então vimos a estátua. Impávida. O mármore branco resplandecia sob a luz do sol. A mão levantada parecia indicar um caminho para três crianças.

O vigia nos contou sobre a figura ali esculpida. Tinha uma história interessante a estranha dama. Numa Porto Alegre antiga, na qual as senhoras da alta sociedade deveriam ser educadas ao casamento, arranjado, de preferência, a fim de perpetuarem a linhagem de poder das famílias, ela se rebelou. Perdeu cedo os pais e usou cada centavo da herança no cuidado às crianças desamparadas. Sua casa se transformara numa espécie de orfanato, que funcionou até o dinheiro acabar. Morreu só, excluída pela tacanha elite porto-alegrense, cercada apenas das crianças acolhidas em sua breve existência.

Nos despedimos do colega de meu pai. Enquanto ele se afastava, eu observava as pegadas impressas na grama rala e no barranco que dava acesso ao caminho em direção à guarita. Tive vontade de rir, mas percebi algo. Paramos no lugar exato onde vimos a mulher assustadora. Percebemos outras marcas no solo enlameado, e não eram de nossos passos. Vinham de um local específico, do jazigo da dama branca. Olhamos ao mesmo tempo para ela. Senti os olhos de fera brava a defender suas crias a todo custo.

Apertamos o passo a fim de irmos embora de pronto. Antes, porém, passamos na Cruz Mestre, fizemos um pelo-sinal na intenção de que nada nos acompanhasse para fora dos antigos muros.

Não consegui, no entanto, abandonar a exigência daquele pálido e desesperado olhar.

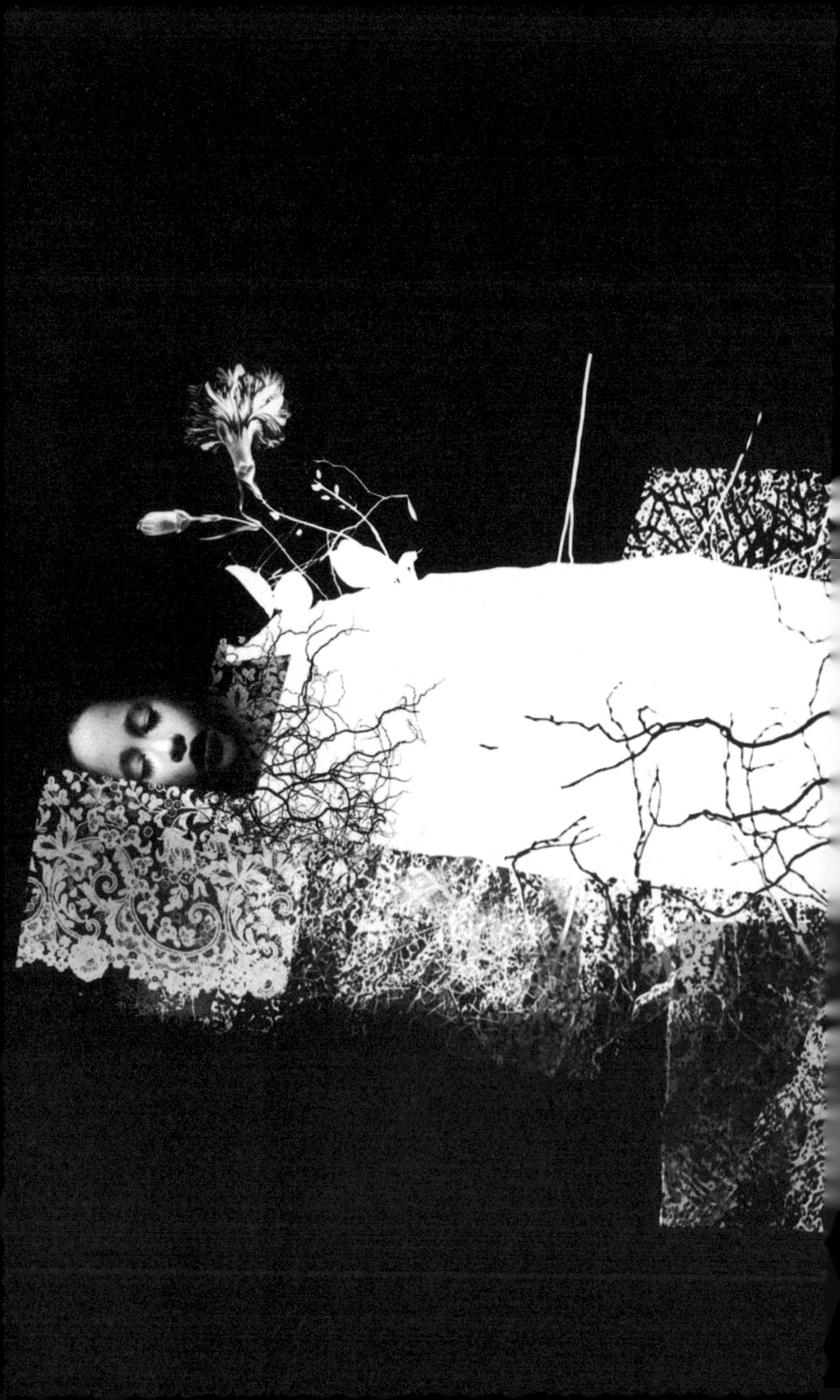

3

3 SARA LEMOS

[Como se um frio ancestral tomasse conta do corpo]

Para Clerton Theis, que lembrou da Sara numa manhã
de Adote um Escritor na EMEF Ildo Meneguetti.

"A flor não trazia data nem nome. Era
uma testemunha que emudeceu."
Machado de Assis

Chovia desde o início da fria tarde. O vento fazia a água bater com força contra as vidraças do dormitório com dezenas de camas enfileiradas. Numa delas, uma vela sobre a mesa de cabeceira iluminava a tarefa de Irmã Virgínia. A freira, de forma sistemática, secava o suor da testa de uma garota em contorções pela febre alta.

Precisa ser forte, encorajava a religiosa.

Embora repetisse isso a cada instante, o olhar da freira não deixava margem para dúvidas, a situação piorava. Acompanhou outras tantas internas no mesmo suplício: a tosse constante, a temperatura do corpo em elevação e o suor encharcando as roupas de cama. Irmã Virgínia perdeu a conta de quantas meninas sucumbiram à tuberculose.

A tragédia se fez presente na vida de Sara por volta dos seis anos de idade.

Ela, o pai e a mãe viviam em um chalé gracioso num bairro remediado da cidade. Levavam uma vida sem extravagâncias, mas nada faltava aos três. Acordavam cedo e tomavam o café da manhã juntos. As duas acompanhavam o homem até a esquina e aguardavam o transporte com destino ao batalhão. Antes de o bonde elétrico fazer a primeira curva, ele agitava o quepe branco no ar.

— Lá vai nosso marinheiro! — dizia a mãe de Sara.

Então, elas voltavam à casa de madeira pintada de branco e azul no fim da rua.

A tarefa preferida das duas, sem sombra de dúvida, era cuidar do jardim. Preparavam canteiros e espalhavam sementes de flores na terra fofa e adubada. Arrecadavam mudas de folhagens pela vizinhança e enchiam o amplo espaço em frente à casa de uma diversidade de plantas.

E a mágica não acontecia.

Baldes e mais baldes de água foram trazidos do poço de pedra dos fundos da propriedade, nada adiantava. As mudas chegavam viçosas ao jardim e, em pouco tempo, restavam apenas os caules esturricados.

Com exceção de uma única planta.

Uma que já florescia ali quando o pai e a mãe de Sara, recém-casados, vieram morar no chalé do fim da rua: um repolhudo pé de cravo-de-defunto.

Mãe e filha desistiram de tentar cultivar outras espécies no imenso jardim. As sementes do cravo, com o passar do tempo, se espalharam por toda parte e dominaram o terreno inteiro. A moradia ficou conhecida como a casa branca e azul com flores amarelas do fim da rua.

Da esquina, dava para sentir o odor adocicado dos cravos. E, era preciso saber, quem andasse em meio à plantação corria o risco de sair com a roupa salpicada de amarelo.

O jardim se transformou na alegria da casa.

Nos dias de folga, o pai e a mãe se sentavam em dois bancos de madeira na sombra da enorme figueira. Sara se empoleirava no balanço amarrado a um dos galhos da árvore. E os três admiravam a plantação viçosa.

E, como felicidade tem prazo de validade, um dia chegou a má notícia, o mundo entrava em guerra, mais uma. Num primeiro momento, os motivos para preocupações eram mínimos, o Brasil não pretendia travar embate com outras nações. Mesmo assim, as forças militares precisavam estar preparadas. Iniciou-se um longo período de treinamento e de ausências no chalé de jardim amarelado.

A mãe de Sara vivia preocupada com o marido. Velas queimavam em frente às imagens dos santos de devoção. Ao lado das chamas bruxuleantes, sempre um vaso de flores colhidas no jardim.

Numa das raras folgas do pai, depois do jantar, ficaram os três na sala a ler as últimas notícias sobre o mundo e seus conflitos. Os jornais narravam a escalada da guerra e o envolvimento cada vez maior dos países europeus nas ações bélicas.

O pai de Sara não chegou a fazer parte de nenhum confronto real. Mesmo assim, a guerra destruiu a pequena família.

A garota acordou num sobressalto com as insistentes batidas na porta da frente. Esgueirando-se, viu quando a mãe recebeu a notícia implacável: num treinamento de campo, o pai fora atingido de forma acidental por um projétil e não sobrevivera.

Sara fugiu para o quarto e, mesmo com o calor da noite, enfiou-se embaixo dos lençóis. Permaneceu encolhida por um tempo sem conta. Uma quase nada, frágil ser em sofrimento sob as cobertas.

A fumaça entrou por debaixo da porta. O cheiro adocicado dos cravos-de-defunto se tornava ainda mais intenso. A menina viu que era impossível abrir a porta do quarto. Então, pela janela, saltou para o jardim e correu em direção à rua. Os vizinhos se revezavam na tentativa de controlar as chamas a engolir a casa branca e azul do fim da rua.

Levaram Sara a uma das casas vizinhas. Chegando ao ambiente iluminado, percebeu as manchas no corpo e nas roupas. O calor do incêndio havia derretido as flores, formando poças amareladas pelo jardim.

Depois disso, as memórias ficaram entrecortadas de falas, de fatos, de cheiros e de tristezas. Como careciam de informações sobre parentes próximos, ao perder o pai e a mãe na mesma noite, a menina foi acolhida no orfanato da cidade.

E drástica mudança se deu na vida da garota.

Na antiga casa, Sara tinha um quarto só dela; uma colcha de retalhos, escolhidos e costurados um a um por ela e pela mãe, a cobrir a cama de cabeceira entalhada com a figura de anjos; um tapete colorido para pisar logo ao acordar; uma cortina de fino tecido que descia do teto ao chão e permitia, mesmo em noites sem lua, um pouco de luz no ambiente; um armário repleto de roupas costuradas sob medida; brinquedos enfileirados em uma estante na companhia de livros de capa dura repletos de aventuras, de heróis, de mitos, de fábulas.

Agora, tinha o prédio a perder de vista com seus incontáveis corredores, salas e espaços secretos, três andares de mistério encravados na parte central da cidade; os rígidos horários para acordar, rezar, comer, estudar, trabalhar, tomar banho, rezar, dormir; o imenso dormitório com fileiras de camas de ferro e suas molas a guinchar nas noites intermináveis; as roupas de cama brancas; as vestimentas acinzentadas. Tudo colaborava para a criação de uma atmosfera fria e séria, um complemento à rígida rotina das freiras responsáveis pelas órfãs esquecidas no casarão centenário.

E, se as religiosas se adequavam ao lugar tão cheio de distanciamentos e de rotinas, uma fugia à regra: Irmã Virgínia. Ela desempenhava o papel de verdadeira mãe entre as internas: olhares de carinho, mãos de acolhida. O tempo passado junto dela se confundia com uma espécie de milagre. E, embora seu afeto se espalhasse pelas internas, numa se concentrou de forma mais direta. Um laço profundo se estabeleceu entre Irmã Virgínia e a fragilizada Sara Lemos.

Era corriqueiro encontrar a freira no meio da noite a vagar pelo dormitório das internas, a vela a tremular em meio à escuridão, de modo a conferir se sua protegida não dormia descoberta nas noites frias. Com um afago na testa, se despedia da garota e voltava à cela, ou então se dirigia à capela para mais uma sessão de Liturgia das Horas.

Um mês depois dos trágicos acontecimentos, logo após a missa, a garota fez um pedido a sua protetora. Desejava ir até a casa onde vivera com os pais. Depois de consultar a diretora, a séria e temida Irmã Philomena, a autorização foi concedida. Irmã Virgínia acompanharia Sara aos escombros do antigo lar.

De mãos dadas, atravessaram o centro da cidade em direção ao bairro retirado e arborizado onde a garota fora tão feliz com os pais. Encontraram, por todos os lados, os sinais da destruição. Do jardim de flores amareladas, sobraram apenas talos secos e queimados. A freira colocou a mão no ombro da garota que soluçava baixo. E o olhar das duas se dirigiu ao mesmo tempo a um canto do pátio. O único poupado no incêndio. O balanço amarrado a um dos galhos da frondosa figueira balançava ao ritmo da brisa. Dois bancos de madeira sob a sombra. Ao pé da árvore, um pé de cravo-de-defunto sobrevivera ao calor das chamas.

A menina atravessou os restos de um portão e caminhou em direção às flores. Cavou com as mãos a terra seca e arrancou a planta. E se sentou numa das cadeiras, o olhar fixo para o lado, como se alguém falasse com ela. Só se virou quando a religiosa tocou seu ombro com a ponta dos dedos num aviso para irem embora.

Sara se voltou de novo ao vazio da cadeira. Acenou de leve com a cabeça, concordando com algo. A freira fez um sinal da cruz no peito e deu jeito de sair logo dali. A pouca pele descoberta no hábito preto estava toda arrepiada, como se um frio ancestral tomasse conta do corpo.

O sentimento de tristeza seguiu as duas pelo caminho. Em vez de voltarem ao casarão do centro da cidade, seguiram em direção ao mar. Às três da tarde de uma quinta-feira do mês de setembro de 1915, uma mulher de preto com o véu a esvoaçar ao vento e uma garota triste com um pé de cravo-de-defunto nas mãos miravam o oceano, indiferentes ao vai e vem das embarcações.

As duas viram um navio da Marinha atracar no cais. Sara deixou as lágrimas caírem livres. Cada marinheiro trazia a memória do pai, como se ele fosse correr para junto dela, a roupa branca, o quepe em uma das mãos.

Irmã Virgínia, ao perceber o descontrole de sua protegida, tirou um lenço do bolso. O vento, porém, soprou forte nesse momento e o pano branco escapou de suas mãos. Um dos marujos o alcançou e, sorridente, o entregou à menina.

Depois de usar o lenço para secar o pranto, Sara o guardou junto de si tal uma relíquia, como se o próprio pai o tivesse entregado e não um completo desconhecido.

Chegando ao orfanato, as duas retiraram as flores do pé de cravo-de-defunto e o plantaram no jardim do casarão. Nessa noite, Sara dormiu com o lenço ao lado do travesseiro e com as flores amarelas num vaso sobre a mesa de cabeceira, um raro consentimento da madre superiora, depois da insistência de Irmã Virgínia.

Na manhã seguinte, Sara começou a tossir.

Uma tosse tímida, mas que evoluiu e atravessou dias e noites.

Os panos úmidos, as beberagens de ervas medicinais e as vigílias de Irmã Virgínia foram insuficientes na cura do mal que acometia boa parte da população. Mesmo com todos os cuidados, a religiosa sabia, a vida de Sara esvaía.

Quando as crises de tosse começaram a manchar os lenços de sangue, a freira percebeu algo de esquisito no vaso de flores amareladas. Seus ramos, cada dia mais viçosos, enraizaram e se espalhavam para fora da vasilha. E, mais estranho ainda, Sara, em seus devaneios de febre, procurava a planta com o olhar e balbuciava palavras desconexas.

Irmã Virgínia fez menção de retirar o vaso quase coberto de raízes dali, mas, antes de deixar o dormitório, Sara teve uma crise de choro e tosse. O corpo magro se retorcia na cama em espasmos. Ao soltar a vasilha com as flores ao lado da enferma, a calma voltou de imediato.

As raízes cresciam sem parar. Quando um dos filamentos alcançou a guarda de ferro da cama, Sara parou de tossir. Algumas internas se somaram à Irmã Virgínia e juntas rezaram por sua alma. Um lençol branco cobriu o frágil corpo.

Iniciava a madrugada.

Naquela manhã, a religiosa responsável pela enfermaria levou um susto. As raízes do cravo-de-defunto envolviam a garota da cabeça aos pés.

As flores exuberantes na mesa de cabeceira enchiam o ar de adocicado perfume.

4 NA LUA CHEIA

[Os dentes bateram uns contra os outros num frio descontrolado]

Para Dona Zica (in memoriam), que contava esta e outras histórias.

"(...) a lua cheia escapara às nuvens. Iluminava a ruela, as casas assoladas, os galhos nus e retorcidos na mata. O pelo cinzento da fera se tornou quase branco sob aquela luz. E os olhos do lobo faiscaram."

Rosana Rios e Helena Gomes

Se lobisomem existe?

Ver mesmo, nunca vi, mas um bocado de gente jura de pé junto que esteve em contato direto com esses seres peludos e tenebrosos. Minha avó mesmo, que já se foi deste mundo, contava que, vez em quando, em noites de lua cheia, um deles atacava o galinheiro de casa. Ela usava um método infalível para falar com o meio homem meio lobo, colocava uma faca com o fio ao contrário na boca, para evitar de se cortar, e conversava com o tinhoso. Dizia poucas e boas a ele. O dito só rosnava, um fio de baba verde a escorrer da boca.

Cá entre nós, eu acredito. Ela criou seis filhos sozinha em tempos de necessidade extrema. Xingar um lobo raivoso deve ter sido o menor de seus males.

Então ela viu e falou com um lobisomem?

Pois, na época dessa história, luz elétrica era um luxo. Minha avó morava à margem de uma floresta, na última rua de uma cidade interiorana, isso significa uma possibilidade enorme de erro. Uma raposa grande e faminta, à luz do lampião à querosene, pode tomar outras formas quando vistas pelo filtro do medo. Mas ela dizia a quem quisesse escutar:

— Expulsei um lobisomem do meu quintal, e repito a façanha se preciso for.

Me impressiona a quantidade de relatos sobre o ser que, em determinada noite do mês, sob uma lua específica, se transforma de pacato humano em uma criatura irracional, feroz e quase demoníaca. Nos grandes centros, eles são incomuns. Pode ser que tenham problema com eletricidade. No entanto, basta abandonar o último poste de iluminação pública e... temos um lobisomem à espreita.

Entre tantas histórias, tem uma que gosto bastante. Quem me contou afirma ter sido testemunha dos fatos. Eles aconteceram no distrito de uma cidade qualquer. Num vilarejo, com um punhado de moradores de longa convivência. Gente que, ao final de um dia de trabalho, se encontrava em frente de casa para um dedo de prosa. Num lugar assim, tão sem novidades, é normal a desconfiança com a chegada de estranhos.

Seu Antenor veio ninguém sabia bem de onde e nem por quê. Um solitário. Referências sobre o passado do homem inexistiam. Os primeiros dias foram de curiosidade. Os comentários eram inevitáveis. Nas rodas de conversa, só se falava do novo ocupante da última propriedade do povoado, abandonada há vários anos.

Dona Jurema descobriu no forasteiro um problema de bronquite. Com o frio dos dias, ele procurou um xarope no armazém do Seu Nicolau. Sim, farmácia, por ali, era uma notícia distante. Todo tipo de produto se comercializava num único estabelecimento, e muito se deduzia da vida das pessoas por suas aquisições.

Se enganou, no entanto, quem viu no novo morador um solitário. Ele tinha um companheiro inseparável: um vira-latas preto, filhote ainda, o Lobinho... nome sugestivo, diga-se de passagem.

Entre as informações levantadas, estava o fato de Seu Antenor ter trabalhado por muitos anos numa fábrica qualquer de sua cidade de origem. Ao chegar o tempo da aposentadoria, juntou as economias e comprou a propriedade retirada naquele vilarejo.

Mais, ninguém soube.

Nem se algum dia foi casado, ou se teve filhos, ou um grande amor...

Era apenas o Seu Antenor, o aposentado com bronquite a viver sua velhice com certa tranquilidade no final da estrada com um cachorro preto chamado Lobinho. Só.

E bastou para dar início ao processo de entrosamento na comunidade.

Tudo ia bem, até um evento abalar a paz reinante do lugarejo.

E foi numa noite fria. A geada congelava a água das vasilhas esquecidas nos tanques de lavar roupas. A lua cheia clareava os campos. Os habitantes, trancafiados em suas casas, queimavam os estoques de lenha acumulados nas estações quentes.

Por volta da meia-noite, um lamento de dor atravessou o povoado. Quem ainda permanecia acordado espiou pelas frestas de janelas e portas, pois não se recomendava sair do calor direto à friagem. As pessoas dadas a dormirem cedo também pularam de susto na cama. Mas, por maiores tentativas em descobrir através das brechas o sucedido na estranha noite, ninguém soube nada de concreto.

O burburinho, no outro dia, não foi outro. Uns diziam que a origem do gemido de dor no meio da noite partira das imediações da entrada do povoado, perto da capela de Santa Rita de Cássia; outros tinham certeza de que viera da antiga figueira na coxilha do Salustiano; alguns apostavam a origem do sinistro nos arredores da casa da Dona Joana.

No fundo, ninguém sabia a natureza do escutado em plena noite fria.

Eu? Fujo léguas de um lugar desses. Além disso, não deve ter sinal de internet e para fazer um celular funcionar aposto que é necessário subir e descer morros. Não, fico de fora. E quando aconteceu esta história que nem existia telefone celular? Deus me livre! Agora, imagina o pavor dos moradores tendo sua rotina interrompida por um urro no meio da noite? Eu acharia estranho. Ia começar a ligar os pontos: noite de lua cheia, meia-noite... ia pensar em lobisomem na certa. Alguém deve ter pensado, porém, essa informação não tenho. Sei o que me contaram, e vou recontar.

Em meio ao fervor das suposições, Seu Antenor foi ao armazém em busca de mais xarope contra a bronquite. Enquanto Lobinho aguardava o tutor ao lado de fora do estabelecimento, lá dentro, a conversa girava em torno do urro escutado durante a noite. Para surpresa dos fregueses a orbitar o balcão, o novo morador revelou não ter ouvido nada, pois tinha sono de pedra, difícil de acordar com um barulho qualquer.

O berro medonho não foi um barulho qualquer...

Enfim, a vida continuou seu curso, e nada de novo aconteceu. Ao menos por um tempo.

O inverno continuava pleno de ventos frios e de chuvas geladas, quando o evento insólito completou um mês. Os moradores do pacato vilarejo julgavam o ocorrido um fato inexplicável e quase relegado ao esquecimento.

Mas voltou a lua cheia. À meia-noite, o grito, ainda mais lamentoso, se fez ouvir em todo canto daquele fim de mundo. Os olhares ariscos de novo tentaram decifrar o sucedido pelas frestas das casas.

Não se falava em outra coisa no outro dia. E como a curiosidade é mãe da ciência, o povo fez conjecturas, aproximações e levantamento de dados. O urro, ou grito, ou gemido de dor a atravessar a noite, se deu em duas sextas-feiras. Na lua cheia. Por volta da meia-noite. Os eventos começaram quando Seu Antenor chegara ao povoado, aliás, o único a afirmar não ter notícia do acontecido.

Ficou combinado. Na próxima sexta-feira de lua cheia, estariam a postos na tentativa de descobrir o que tirava a paz da pequena comunidade rural nos últimos tempos.

O mês se arrastou. As conversas se concentravam nos preparativos para a grande noite. As suposições continuavam, e as evidências recaíam sobre a propriedade no final da rua. Seu Antenor era o forasteiro, e o estranho caso começara a suceder desde sua chegada. Além disso, alguns fatos batiam com as lendas em torno desse personagem tenebroso, o lobisomem. A aparência de fragilidade do vizinho, a necessidade de xaropes contra a bronquite, o olhar macilento e amarelo, a solidão do homem batiam com as características dos encantados. O aspecto doentio era consequência dos longos percursos percorridos por essas criaturas. Ao se transformarem, eles precisavam passar por sete povoados e por sete cemitérios. E vá saber as porcarias que esses seres monstruosos devoravam pelo caminho... quando o encanto findava, os efeitos da longa noite não desapareciam como num passe de mágica.

O povo estava decidido, chegara a hora de desvendar o mistério das sextas-feiras de lua cheia. Na noite específica, a vizinhança ficaria em frente de casa e não arredaria o pé até descobrirem de onde partia o grito aterrorizante.

Entre as conversas de beira de portão, surgiram alguns questionamentos. Caso estivessem mesmo sob a ameaça maligna de um lobisomem, o que a população faria?

Uma das moradoras parecia ser especialista em receitas contra eventos sobrenaturais. Segundo ela, para acabar com o dito-cujo bastava uma bala de prata no coração e caso encerrado. Mas onde iriam encontrar uma bala de prata? E, mais ainda, matá-lo significava sacrificar uma pessoa em estado de encantamento, e isso estava fora de cogitação.

Existia outra fórmula. Para interromper a maldição, seria necessário espetar o lobisomem com um objeto pontiagudo de madeira, ou seja, tirar sangue do dito ainda transformado, cara a cara. Era tiro e queda.

O pessoal achou essa maneira mais perigosa, mas um tanto segura na tentativa de preservar a vida do homem transformado em lobo.

E assim se deu.

Na próxima sexta-feira de lua cheia, ao anoitecer, cada morador se postou em frente de casa. O inverno se encaminhava para o fim, mas a noite fria ainda permitia o uso de grossas roupas de lã. Uma proteção a mais, caso fossem atacados.

As horas avançaram lentas. O tempo utiliza essa estratégia quando a gente tem pressa. Após consumirem litros de chá e de café e quilos de quitutes, a espera terminou. Os humanos se aquietaram. Apenas suspiros na noite estrelada.

Eu só escutei essa história, mas posso imaginar o silêncio a despertar os sentidos para outros sons: dos grilos, dos cães ao longe, de um morcego e seus voos precisos, dos sapos e grilos... a sinfonia própria das noites do interior.

Se deram esse espaço à poesia, eu ignoro, mas o brado de pavor atravessando o vilarejo eles ouviram. E o som partiu dos lados do Seu Antenor. Não sei dizer se toda a população do lugar teve a mesma sensação. A minha fonte, no entanto, foi bem enfática: ao escutar o esperado grito, os pelos do corpo arrepiaram, a taquicardia alterou sua respiração e os dentes bateram uns contra os outros num frio descontrolado.

As pessoas perceberam um movimento na estrada cada vez mais próximo. À luz da lua, uma espécie de cachorro enorme pôde ser visto. E, surpresa de todos, não vinha sozinho. Logo atrás da criatura, corria o cão de Seu Antenor. Lobinho não queria ficar em casa sozinho.

Passado o primeiro susto, era momento de colocar o plano em prática. Num grito de guerra, a vizinhança correu atrás do lobisomem na tentativa de neutralizar o encanto com um espeto de madeira.

Nada saiu como planejado.

Ao se ver perseguida, a criatura se voltou para o grupo, soltou um urro pavoroso e contra-atacou. Os espetos de madeira de nada serviram, e vários membros da comunidade foram feridos.

Agora, vejam só o desfecho desta história.

Ao perceberem a impossibilidade de pôr fim ao encantamento, todo mundo debandou para casa. Desde então, andavam cabreiros, ninguém admitia mordida ou arranhão. Mas, na sexta-feira de lua cheia seguinte, não apenas um grito atravessou a noite. Os urros partiram de vários locais diferentes.

No outro dia, sábado de manhã, ninguém pôs o nariz fora de casa. Quando saíram, a vida continuou como se nada tivesse acontecido.

E não falaram mais em assunto de lobisomem.

5 O QUARTO DE BRINQUEDOS

[Tal o arrepio que a gelou da cabeça aos pés]

Para o Paulo, a Ane e a Lívia, que passaram por maus bocados num lugar assombrado. A Laurinha veio depois. Ainda bem.

"Afirma-se que o desejo mais ardente de um fantasma é recobrar pelo menos um sinal de corporeidade, algo tangível que o devolva por um momento à vida de carne e osso."
Julio Cortázar

Lívia escutava o pai contar do golpe de sorte em conseguirem se mudar para o casarão em plena região central por uma pechincha. Paulo tinha razão ao falar do preço do aluguel bem abaixo do mercado. E da localização privilegiada. E da casa, um segundo andar inteiro com sacada para todos os lados. Embaixo, funcionava um armazém. Nada que incomodasse a rotina da família chegada do interior e disposta a começar a vida em uma cidade grande. Mas não estavam ali por obra do bondoso destino. Se alguém teve sorte foi Ane que, numa excursão da escola, no Ensino Médio, conheceu a Janaína , filha do dono do casarão.

Controvérsias à parte, iniciavam uma vida nova.

Uma série de possibilidades se apresentava diante deles. Paulo, desde a chegada, encontrara trabalho para vários meses, pois era construtor de mão cheia. Ane montara em um dos quartos vazios do casarão o seu ateliê e começou a costurar roupas de criança, sua paixão. Ela tinha uma modelo especial para experimentar as criações, sua filha Laura, a caçula da casa.

Para Lívia, tudo era surpresa: cidade, bairro, rua, casa... escola. O desafio de chegar no meio do processo e pegar o trem andando. E não via grandes problemas nisso. Foi na dela. Com sorriso doce. Em pouco tempo, conversava com meia dúzia de colegas e começava a ter algo parecido com uma turma.

O primeiro estranhamento se deu na aula de Educação Física. Antes de iniciar os exercícios de costume, Valesca, a professora, pediu para a nova aluna se apresentar, falar o nome da sua cidade de origem, onde morava, enfim, o ritual comum aos novatos. Lívia contou da pequena cidade do interior com poucas perspectivas de trabalho e de estudos. Não esqueceu dos pais e da irmã, e citou a nova casa.

Valesca empalideceu de repente. Com a voz embargada, pediu desculpas e saiu da quadra. Os estudantes ficaram por ali, alguns a brincar com uma bola de vôlei, outros a jogar conversa fora. Lívia permaneceu encucada. Repassava na memória o dito, mas desconhecia o motivo de ter provocado tal reação. Ao voltar, Valesca parecia melhor. Pediu desculpas pelo inconveniente e mais não disse. Lívia percebeu a tristeza no profundo do olhar da professora de Educação Física. Como possuíam intimidade zero, teve de ficar com a curiosidade em suspensão.

A vida seguiu. A rotina aos poucos se estabeleceu e criou seus rituais: horário para acordar, as refeições com todos à mesa, as tarefas cotidianas.

Pela terceira semana na nova morada, um comentário de Paulo durante o almoço desencadeou uma série de revelações. Tudo corria bem no trabalho, mas, ao subir a escadaria e entrar em casa, sentia uma pontada incômoda no estômago. O enjoo esquisito só passava ao voltar à rua. Ane aproveitou o ensejo e contou sobre alguns fatos acontecidos nesses poucos dias de nova casa: portas abriam e fechavam sozinhas, porta-retratos caíam do nada. Ela atribuía ao fato de estarem no segundo andar e o vento entrar de forma mais livre... mas, e quando a casa estava fechada, e, mesmo assim, os objetos caíam e as portas abriam e fechavam?

Nessa conversa meio sinistra em pleno almoço de quinta-feira, Laurinha jogou a pá de cal no desconforto. Do alto de seus quatro anos de idade, deixou cair a bomba:

— A mulher é dona do quarto dos brinquedos.

— Que mulher, Laura?!

— Ora, mãe, ela fica sentada na cadeira de balanço.

Os quatro se viraram em direção ao cômodo escolhido como quarto de brincar da caçula. Atribuíram ao vento o fato de a cadeira continuar a balançar enquanto conversavam. Ninguém quis ir até lá conferir se a janela estava mesmo aberta.

Eles desconheciam a história do lugar. E, se um evento hediondo houvesse acontecido ali, com certeza alguém já teria dado com a língua nos dentes. No entanto, um clima estranho pairava entre aquelas paredes, como se algo espreitasse dos cantos mal iluminados. E a vida dos novos moradores ficou um tanto afetada. Tinham a impressão de que, a qualquer momento, dariam de cara com a mulher avistada por Laura. Ane andava pela casa à espreita. Sempre um alerta ligado em busca de novos fatos comprovadores da ação de forças sobrenaturais. Paulo era medroso declarado. Evitava assistir a filmes de terror sozinho e, quando via algum, ficava espiado por semanas. Para ele, a casa era mal-assombrada e ponto.

Lívia permanecia imune às más impressões. Achava tudo uma grande bobagem. Desacreditava de histórias fantasmagóricas. E, por isso mesmo, decidiu tirar onda dos pais. Começou a arquitetar pequenas assombrações, só para ver a cara deles e depois rir sozinha.

Já diziam os mais velhos, quem assusta sempre sai assustado.

Chegou o tempo que se aproxima das férias escolares de verão. Lívia gabaritou todas as disciplinas. Na sexta-feira, decidiu dar chance à preguiça. Alongaria o final de semana em mais um dia. Escutou barulho na cozinha. Pegou o celular e enviou mensagem à mãe pedindo um copo de água. Ane permitiu que a filha faltasse a aula, afinal, estava passada de ano mesmo.

E, na madorna de quem sairia da cama bem tarde, Lívia sentiu uma presença no quarto. Ficou paralisada. Não conseguiu abrir os olhos por nada. Percebeu uma figura desconhecida andando ao redor da cama, até parar ao lado direito. Escutou um ruído, como se, em seu ouvido, um roedor gigante triturasse algo crocante com os dentes.

Se Lívia conseguisse, teria se enfiado embaixo do lençol, tal o arrepio que a gelou da cabeça aos pés. Era impossível tomar qualquer atitude. Uma força invisível a prendia na cama. No entanto, os sentidos permaneciam aguçados ao máximo, e sentia uma espécie de vento se agitar em volta da cama, como se um redemoinho puxasse os lençóis. Então, o vendaval amainou e desapareceu por completo. Nesse momento, a garota conseguiu abrir os olhos. Correu à cozinha e se jogou nos braços da mãe. Aos prantos, numa tristeza milenar.

Ficar em casa, depois do sinistro evento, pareceu uma péssima ideia. Lívia deixou a água morna do chuveiro escorrer pelo rosto durante bom tempo, como se o ato pudesse levar ralo abaixo o estranhamento de mais cedo. Pegou a mochila, sem vontade, e tomou o rumo da escola. A melhor coisa a fazer, pois seu quarto se transformara num ambiente hostil.

O primeiro período de sexta-feira era de Educação Física. Os alunos costumavam ir direto ao ginásio da escola, onde Valesca os esperava de planilha em punho para marcar o desempenho de cada estudante nos exercícios propostos. Lívia tentou fazer tudo com a habitual dedicação, mas uma névoa parecia envolvê-la. As lembranças do acontecido rodopiavam na mente.

Depois da rodada de alongamentos, aquecimentos e exercícios aeróbicos, a professora liberou a bola de vôlei e a bola de futebol. Alegria total. Menos para Lívia, que não sentia a menor disposição em interagir com os demais. Falou do mal-estar à professora e sentou-se na arquibancada da quadra.

Após orientar o grupo, Valesca se aproximou. Disse que notou a palidez de Lívia e a falta de atenção ao realizar a rotina de exercícios. Perguntou se algo havia acontecido, se precisava conversar. A garota assentiu, pensou que desabafar com alguém fora do círculo familiar poderia ser uma boa ideia. E, relutante em começar, contou dos eventos sinistros em casa, das peças pregadas nos pais na tentativa de assustá-los e, por fim, revelou o fato vivenciado mais cedo. Valesca abraçou Lívia e chorou. Um tempo depois, aliviada e meio envergonhada, pediu desculpas pelo descontrole e falou da necessidade de chamarem Janaína, a responsável por terem ido viver na casa, e contar tudo a ela.

A manhã se arrastou em horas intermináveis.

Ane foi rápida em chamar sua amiga. Ao voltar para casa, Lívia avistou a filha do dono da casa à espera.

Janaína parecia intuir a natureza da conversa. Depois de escutar a amiga, contou que outras famílias viveram situação parecida ali. Como a casa se encontrava fechada há tempos, colocou os acontecimentos estranhos na conta do passado. Anos atrás, seu pai conseguira vender a casa. Os novos proprietários reformaram a residência e ficaram ali por apenas três meses. Desfizeram o negócio e se mandaram.

Vários dos relatos de Ane se assemelhavam aos que ela já tinha escutado: objetos que caíam ou mudavam de lugar sem motivo aparente, a sensação de enjoo ao entrar na casa, vultos a fugir do olhar, a mulher avistada pelas filhas gêmeas dos antigos moradores e, agora, por Laura.

No entanto, um elo novo se ligava ao todo da corrente. Janaína contou do projeto do pai em construir a casa na intenção de que sua família nela vivesse. Teve a infância ali junto dos três irmãos. E foram bem felizes. Cresceram, casaram e o lar ficou um tanto vazio. O ponto final da convivência se deu quando os pais decidiram se divorciar. Cada um seguiu seu caminho.

Até aí, tudo certo.

Só não contavam com uma tragédia.

Num final de tarde, a irmã mais velha de Janaína, a atleta da família, teve um mal súbito em plena quadra de vôlei e dali não retornou. A tragédia chocou a cidade e desolou a família.

Mas por que Janaína contava tudo isso? A partir da morte da irmã, a casa começou a ter fama de mal-assombrada. Ela pensava nisso como bobagem. Qual motivo a irmã teria para ficar ligada ao lugar, se é que isso era mesmo possível?

— Eu e meus irmãos sempre demoramos para acordar de manhã cedo. A mana corria em volta da cama, puxava e sacudia nossas cobertas. A gente continuava na preguiça. Então, ela enchia a boca de bolacha, dessas de água e sal, e mastigava com a boca meio aberta, fazendo barulho em nossos ouvidos.

— Pois tive essa sensação hoje de manhã. Como se um vendaval soprasse no quarto. Mas a janela estava fechada. E nem ventava lá fora — disse Lívia.

Janaína abriu a bolsa e retirou lá de dentro um porta-retratos. Olhou a fotografia por um tempo. Foi impossível evitar as lágrimas de saudade.

— Esta é minha irmã — disse ao colocar o objeto sobre a mesa de centro da sala. — E hoje é um dia especial, pois ela estaria de aniversário.

O silêncio das palavras se fez presente. Ane e Lívia se achegaram e abraçaram Janaína. Não existia consolo para essa espécie de dor, somente gestos e solidariedade. Paulo nada disse. Apenas mirava as mãos calejadas, sem saber direito onde colocá-las.

Lívia lembrou de perguntar se Janaína conhecia a professora de Educação Física. Ela fez um sinal afirmativo com a cabeça. E mais ainda, revelou que Valesca e sua irmã eram melhores amigas e jogavam no mesmo time de Voleibol.

A garota entendeu o desconforto da professora. De certa forma, sua presença a perturbava. Mas desistiu de pensar nisso. Laurinha acordou e veio em direção à mãe arrastando um pedaço de tecido com alguns brinquedos amarrados. Os olhares se voltaram à criança.

Depois dos afagos, o clima pareceu melhorar. A pequena apontou para o porta-retratos pousado sobre a mesa de centro e balbuciou umas palavras. Ane procurou entender o que ela dizia. E então ouviram de forma clara e inequívoca:

— Essa é a mulher. A dona do quarto de brinquedos.

6 A CRIATURA

[Um frio repentino atravessou minha nuca]

Em certa medida, somos todos homens artificiais, de barro ou pedra ou madeira, uns pinóquios que precisam de despertar para uma vida de carne e osso."

Afonso Cruz

Pode um nome ser causa de tanto sofrimento? Não deveria, mas a humanidade por vezes é cruel e aproveita qualquer ocasião para espezinhar, ainda mais ao encontrar aparente fragilidade. Se eu transmitia a sensação de presa fácil ao humor alheio? Num primeiro momento, ser forte e capaz de enfrentar qualquer desafio que aparecesse pela frente não era uma preocupação. Até que minha vida tranquila passou por uma reviravolta.

Lembro quando tudo começou. E não foi durante a infância. O lance com meu nome veio depois, lá pelos onze ou doze anos de idade. Há pouco tempo, pois ainda estou na mesma escola, com os mesmos colegas. Hoje, porém, com outra perspectiva da realidade. Ainda resta certa mágoa, mas ela não me afeta como antes.

Comecei esta história pelo fim, pelos dias de hoje. Vou voltar no tempo e tentar contar cada detalhe, sem deixar de fora os mais dramáticos.

Foi sinistro, devo dizer. E, se alguém tem medo dos cantos escuros do quarto, pare por aqui. Ou continue, ao menos para saber aonde me levou o sentimento de vingança contra meus colegas de escola e contra o mundo em geral. Podemos combinar o seguinte, quando o relato ficar pesado mesmo, eu aviso. Você pode interromper a leitura e fazer outra coisa. Combinado?

Então vamos lá.

Meu nome nunca foi um problema, ao contrário, é uma homenagem iniciada há duas gerações. Minha avó nasceu no dia vinte e cinco de dezembro, e deram a ela o nome de Dezembrina. Minha mãe nasceu no dia vinte e cinco de dezembro, e a chamaram de Natalina. E, pasmem, eu soube que a chance de avó, mãe e neta nascerem no mesmo dia é de uma em cento e trinta e cinco mil. Pois, nasci no dia vinte e cinco de dezembro, e me batizaram Nazaré.

As três estrelas da noite de Natal.

Eu era Nazaré em todos os lugares: em casa, no prédio, na rua, na escola.

Tudo corria bem, até o primeiro dia de aula do sexto ano. Minha turma permanecia quase a mesma. Mas chegou um colega novo. Nem vou dizer seu nome. Prefiro ele assim, um anônimo, um sem nome, um nome para esquecer. Pois foi a professora de Matemática dizer meu nome durante a chamada, e tudo começou. O ser não nomeado começou a gargalhar na sala. Num primeiro momento, os demais colegas entenderam patavina. Quando o engraçadinho conseguiu respirar, soltou o motivo do ataque de riso:

— A Nazaré confusa!

E, para meu espanto, a turma toda foi contagiada pelo riso, pareciam ter descoberto a fórmula da gargalhada naquele exato momento.

Sim. Uma personagem de novela da televisão de nome Nazaré virou meme. Dominava a internet há tempos e agora se fazia presente de forma cruel e onipresente em meu cotidiano. De uma hora para outra, virei motivo de chacota. Tentei ignorar, foi impossível. Até o pipoqueiro da carrocinha em frente à escola me caçoou de Nazaré confusa. Meus pais foram chamados à supervisão, pois meu rendimento caiu de forma drástica. Orientaram ajuda psicológica. E lá fui eu. Sessões inteiras de silêncio absoluto. Apenas sentia raiva ao lembrar dos risinhos de canto de boca ao me verem passar.

Os fones de ouvido, diga-se de passagem, me ajudaram a manter a sanidade durante os ataques. Mas não impediam os olhares de deboche. Criei uma espécie de couraça e me afastei dos antigos colegas. Acabei encontrando refúgio num dos lugares menos frequentados da escola: a biblioteca. Essa foi a única parte boa nesse período. Criei um laço forte com aquele espaço repleto de histórias.

E foi justamente um livro que desencadeou meu desejo de vingança.

Há tempos, vou e volto da escola sozinha. Meu bairro não é extenso, me viro bem nele. Pois, num dia frio, ao voltar do colégio, caí em cheio numa manifestação de rua. Nem sei direito das reinvindicações, tinham algo a ver com arrocho de salários. Tive certo pânico ao me ver no meio da multidão gritando palavras de ordem. Mas medo mesmo senti ao ver a aproximação de um grupo de policiais a cavalo. As balas de borracha zuniam e a fumaça de gás lacrimogêneo se espalhava por todos os lados.

Mas, no meio da balbúrdia, uma mulher fez sinal para eu entrar num prédio. Obedeci. Quando consegui me acalmar, avistei um pedaço do paraíso. As paredes de teto alto repletas de estantes abarrotadas de livros. Junto da mesa da recepção, a placa: Biblioteca Pública do Estado.

Mal pude me interrogar sobre o porquê de não conhecer o prédio antes. Segui a mulher desconhecida. Só nesse momento prestei atenção nela. O vestido preto e rodado parecia fazê-la flutuar sobre os antigos e reluzentes ladrilhos do piso. A estranha mulher permaneceu calada enquanto estive em sua companhia. Apenas fui atrás dela. Chegamos defronte a um antigo armário. Não percebi nenhum movimento para abri-lo, mas as portas se escancararam. A mulher apontou um livro, grande, pesado e antigo. Levei o volume até a mesa mais próxima. Entre o relance de olhar para ela e o livro, uma página se abriu. Comecei a leitura.

Diante de mim estava o elemento definitivo capaz de aplacar o sofrimento, meu companheiro constante há tempos. Nesse instante, ouvi um barulho. Passos apressados vieram em minha direção, e a pergunta seca e direta: — O que você faz aqui?

Tentei explicar sobre a manifestação, a mulher chamando na porta, o armário, o livro salvador... Só então vi a placa bem grande indicando a raridade das obras. A responsável pela biblioteca queria saber quem havia permitido minha entrada, pois as chaves ficavam guardadas em lugar seguro. Além disso, aqueles livros só podiam ser manuseados por pesquisadores. Balbuciei uma ladainha sobre a mulher de preto, mas não tinha ninguém ali além de nós duas.

Envergonhada e confusa, deixei o prédio. A multidão dispersara. Caminhei apressada com medo de chegar atrasada ao almoço. Ao dobrar a esquina de casa, um vento frio subia do rio e fez com que eu fechasse a gola do casaco. Senti algo no bolso externo. Meti a mão lá dentro e... encontrei um papel dobrado.

Num primeiro momento, fiquei atordoada, afinal, uma parte do livro raro estava ali comigo, perdido de seu todo. Pensei em voltar, mas como explicar a página arrancada? A responsável pelo acervo iria querer o meu fígado. Encontraria outra forma de fazer a devolução. Primeiro seguiria todas as instruções da receita fantástica descrita na folha amarelada.

Se eu sei de algo sobre a mulher de preto responsável pelos meus feitos? Não tenho a menor ideia. Chamem como quiserem: fada madrinha, anjo da guarda, protetora... Na verdade, está mais para bruxa. Enfim, posso dizer com precisão, ela não era deste mundo. E o que me induziu a criar, também não.

Falemos da página dobrada em quatro no meu bolso. Ignoro o título do livro do qual foi arrancada. Tentei colocar trechos em sites de busca da internet, nada deu resultado. O texto só existia naquele pedaço de papel antigo.

E ali, no quase pergaminho, estava a instrução de como dar vida a um ser a partir do barro. Ele obedeceria a vontade de seu criador. Criadora, no meu caso. Bastava seguir cada passo e teria uma criatura à disposição, capaz de executar ações para as quais eu não teria forças, coragem, nem poder de fazer por conta própria.

Pus mãos à obra.

Entre a escola e a minha casa, havia uma praça. A cada dia, eu trazia na mochila um punhado de terra vermelha dos canteiros de flores. Precisava agir de forma discreta, pois como explicaria em casa o movimento todo? Era meu segredo, e tinha de guardá-lo a sete chaves.

As aulas de Arte foram de bastante proveito na ocasião de modelar o artefato. Aos poucos, a terra argilosa tomou a forma de um boneco. Sobre o peito, deveria construir uma cavidade para encaixar, no momento certo, uma espécie de tampão com seu nome escrito, e que funcionava como uma chave. O liga e desliga do ser ganhando forma sob meus dedos cobertos de barro.

No dia indicado, quando os astros se encontravam alinhados e propícios a dar vida à criatura, escrevi o nome na última peça, a ser acoplada como se fosse o seu coração, e falei as palavras indicadas na página arrancada do antigo livro.

E o milagre se deu.

A peça de barro moldada pelas minhas mãos começou a se mover. Em lentidão. Nada falava, mas tinha um olhar expressivo. Existia, e ao meu inteiro dispor. Em primeiro lugar, ordenei que não se mostrasse a ninguém. Só eu poderia vê-lo. Ele assentiu de pronto.

Como se dava isso? Desconheço. Mas nada dos acontecimentos, desde o encontro com a misteriosa mulher na porta da Biblioteca Pública do Estado, possuía explicação plausível. Eu trazia muita raiva represada e precisava de uma válvula de escape. A criatura parecia ser a possibilidade. E coloquei meus planos em prática.

Agora é o momento de interromper a leitura e ir fazer outra coisa: jogar, comer uma maçã, arrumar o quarto, bisbilhotar as redes sociais. É a parte pesada. Vai parar? Bom, eu avisei...

Comecei minha vingança ali no prédio mesmo.

No quinto andar, morava um garoto chato que estudava na minha escola e me espezinhava em função do meu nome. Da janela do quarto, avistei ele no playground com seu inseparável skate. Merecia uma lição. Abri a mochila. A criatura se acomodou lá dentro. Desci para o térreo. Ocupei um dos bancos, com a cara mais dissimulada possível e... na mosca. Ao me ver, ele começou com as provocações, cantarolando uma música bem batida: "Então é natal, e o que você fez...". Firmei o olhar nele. E a criatura fez o resto. No primeiro impulso com o skate, mergulhou no ar e veio o tombo.

Eu nunca tinha escutado o som de um osso se quebrando.

Os acidentes inexplicáveis se somaram: um cabelo picotado, um dedo luxado, cadernos rasgados, objetos estraçalhados, latarias de carros arranhadas.

Não posso negar, no começo foi divertido, porém, com o passar dos dias, percebi que provocar dor nos outros me deixava ainda mais triste. Envolvidas em seus percalços, as pessoas me esqueceram. Acabaram as motivações para implicarem com meu nome. Isso era bom, mas o preço a pagar ficou alto.

A onda de crueldade asfixiava.

Em casa, ela era palpável. A alegria e a espontaneidade desapareceram. E o segredo permanecia. Quem acreditaria numa adolescente inconsequente capaz de trazer à vida um ser não humano com a finalidade de provocar maldades?

Decidi interromper o ciclo. Para isso, precisava "desligar" a criatura. A única maneira seria retirar seu nome preso na altura do peito. Precisei encará-lo. O semblante pacato no rosto de barro desapareceu por completo, e o que presenciei não sairá da memória. O ente criado para obedecer aos meus desejos mais banais, ao perceber minha intenção, reagiu de modo violento. Vi o mal preso no olhar raivoso, e um frio repentino atravessou minha nuca. E eu sabia: precisava enfrentá-lo. Ao colocar a mão na espécie de tampão de barro, senti o sangue a escorrer pelo meu pulso. Resisti. Em meio à dor, arranquei a fonte de sua existência: seu nome.

Naquela mesma tarde, caminhei até o rio. Joguei o artefato inerte nas águas barrentas. Ali seria sua sepultura. Do barro viera, ao barro retornaria.

Na volta para casa, passei na Biblioteca Pública. Deixei um envelope lacrado sobre o balcão. Dentro dele, a página do antigo livro.

Caminhei pelas conhecidas ruas com o desejo de tentar consertar o mal provocado. Como faria, ainda não sabia. O primeiro passo seria resgatar meu nome como um presente, uma homenagem carinhosa. Talvez esse orgulho neutralizasse o deboche, pois ele não mais me atingiria.

Ao chegar ao meu quarto. Larguei a mochila na cadeira da escrivaninha. Só então lembrei de algo. Continuava comigo o pedaço de barro com o nome da criatura gravado. Destampei uma caixa de madeira onde guardava alguns objetos queridos e o coloquei lá dentro.

Na esperança de jamais precisar usá-lo de novo.

7 UM TANGO NO FIM DO MUNDO

[Um ar gelado invadiu meus pulmões]

Para Juares Souza, que teve coragem
de retornar à pousada assombrada.

"Alma
Que arrasta correntes
Que força os batentes
Que zomba da dor"
Vitor Ramil

Algumas promessas jamais deveriam ser descumpridas. Sobretudo as que têm seu princípio fundamentado no medo ou no desconhecido. Prometi nunca voltar a um lugar de pesadelo. A uma pousada perdida entre montanhas, onde nasce um rio importante. Há dez anos, fui a esse lugar com um grupo de amigos com o objetivo de escrever uma história durante o carnaval, época de brilho, fantasias e samba no pé. Quis ficar longe dos festejos e escrever uma história de arrepiar, a última a compor uma série de sete contos de terror. O lugar parecia propício: silencioso, distante do caos da cidade grande e sem sinal de internet.

No entanto, o passeio de quatro dias na paz interiorana se revelou um verdadeiro martírio, pois a casa onde nos hospedamos era como um cenário de filme de horror. Nela, meus medos se materializaram e minhas histórias ganharam vida, saltando da fantasia para o mundo real e deixando atrás de si um rastro de medo e pavor.

O grupo, animado em aproveitar ao máximo os dias longe da turbulência da capital, voltou para casa bem antes do planejado. Não nos preparamos para os eventos acontecidos no recanto de aparente inocência.

Os sete contos foram publicados e alcançaram um bom número de leitores. Após dez anos de conversas sobre os eventos insólitos e a origem de cada narrativa, surgiu a vontade de mergulhar de novo no universo sobrenatural, um desafio fácil de concretizar, pois histórias fantasmagóricas estão por aí, às dúzias.

Contos reunidos.

Histórias trabalhadas, recontadas, reinventadas.

Seis microuniversos de medo e desespero.

Faltava uma a completar o ciclo. A sétima história. O sete sempre presente. O número perfeito: do descanso de Deus, dos pecados capitais, dos dons do Espírito Santo, dos sacramentos, dos dias da semana, das cores do arco-íris, das artes clássicas... Sempre o número sete a fechar os ciclos e a abrir as portas do desconhecido.

E veio o desejo de interromper a promessa de não voltar à casa, motivo de pesadelos, meus e de meus amigos, por tanto tempo. Desta vez, voltaria sozinho e enfrentaria o medo em seu estado bruto. E no carnaval. Iria no sábado e voltaria no domingo. A ideia era passar uma noite na pousada e, em algum momento, explorar o casarão do antigo dono do lugar, enfrentando meus piores receios.

Se soube das várias intempéries a assolar a região nos últimos tempos? Sim, o mundo inteiro anda às voltas com a crise climática. Nas imediações da antiga pousada, os efeitos foram sentidos de forma direta, afinal, um rio passava diante da propriedade. Mas quem dá ouvidos à razão quando tem uma ideia fixa a martelar o pensamento?

Preparei uma pequena bagagem e me pus a caminho do incerto. E o incerto foi rápido em dar as caras. Ao entrar na estrada de chão batido, a surpresa: na última enchente, as águas levaram a ponte, não permitindo o acesso de carro em algumas propriedades numa parte do rio. Para chegar à pousada, seria necessário deixar o veículo num arremedo de estacionamento e fazer a travessia de barco. Depois, seguir o restante do trajeto a pé ou no Fusca do barqueiro, que fazia as vezes de taxista desde a queda da ponte.

O homem ficou surpreso ao saber meu destino. Segundo ele, o lugar se encontrava fora de funcionamento há bastante tempo. Essa informação me pareceu infundada, eu mesmo ligara e fizera a reserva direto com a proprietária. Achei estranho, no entanto, ela não ter falado nada sobre o transtorno no acesso ao local. Enfim, não queria perder cliente, e eu estava disposto a enfrentar os percalços. Este era só o primeiro.

Entramos no barco de madeira e atravessamos o caudaloso rio até a outra margem. Os próximos cinco quilômetros foram os mais longos percorridos na minha vida. A estrada havia desaparecido, pois as máquinas de pavimentação não conseguiam passar pelas águas profundas. O Fusca empoeirado saltava pelos buracos, que estavam mais para crateras. E isso foi só o começo. Conforme avançamos, o tempo fechou. Nuvens carregadas cobriram o pouco de céu visto através das árvores que ladeavam o caminho. Os pingos de chuva caíram graúdos e os torrões de barro seco se transformaram em lama pegajosa.

Alguém com o mínimo de senso voltaria. Mas a obstinação em ir até o fim da jornada me levou a pedir ao motorista que avançasse. Em meio à chuva e aos relâmpagos, alcançamos a entrada da propriedade.

Anoitecia. A placa a ranger sob o vento não deixava dúvidas, chegávamos à Pousada Ouro Branco. Combinei a volta para o outro dia, ao final da manhã.

Mal desembarquei, o homem deu meia volta com o Fusca e arrancou patinando no barro. O mundo parecia enraivecido. A chuva caía como pedradas do alto. Os relâmpagos em sequência se refletiam nos vidros das janelas em frente ao prédio. Corri à porta principal. Encharcado, virei o trinco e entrei. Não sei se pelo esforço da corrida ou pelos percalços até chegar ali, senti uma pontada no peito. Fechei os olhos por um momento e prendi a respiração.

Ao abrir os olhos, um cenário bem diferente do lá de fora se desenrolava dentro da hospedaria. No salão principal, dezenas de hóspedes dançavam fantasiados ao som de marchinhas de carnaval. No palco improvisado, cinco músicos atacavam os instrumentos e mantinham os foliões animados. A mulher atrás do balcão da recepção fez sinal para eu me aproximar:

— Preparado para o melhor carnaval da sua vida?

Fiquei desconcertado. Outros motivos me arrastaram até ali.

— Lembro de você, sim. Onde estão seus amigos? Resolveu deixar a turma este ano? Se é para desistir da hospedagem em plena temporada de carnaval, é melhor nem virem, não é mesmo?

Senti a pele do rosto arder, afinal, eu e meus amigos, há dez anos, debandáramos dali sem maiores justificativas.

— Estou sozinho. Preciso de um banho e, se possível, de comer algo no quarto mesmo.

— Janete! — ela gritou. — Uma sopa para o novo antigo hóspede — e riu da brincadeira.

Subi as escadas. A banda atacava uma marchinha:

"Oh, jardineira, por que estás tão triste?
Mas o que foi que te aconteceu?
Foi a camélia que caiu do galho
Deu dois suspiros e depois morreu."

O prato fumegante chegou logo depois do banho. Lá fora, a chuva continuava, sem dar trégua. Através do vidro embaçado, avistei, entre relâmpagos, a casa do antigo dono presa ao pé do morro. Assustadora em sua imponência. Na manhã seguinte, com ou sem chuva, iria até lá enfrentar meus medos.

Acordei cedo. Tomei café sozinho num canto do enorme salão. Os demais hóspedes dormiam depois da noitada de baile. Lá fora, a chuva foi substituída pela névoa. Enquanto comia, pensava na abordagem para conseguir entrar no casarão sobre o morro nos fundos da pousada.

Assim que cheguei ao balcão, a proprietária se materializou na minha frente vinda da cozinha. Entre as perguntas de praxe — sobre como passei a noite, se descansei... —algo me desconcertou. A mulher arrastava uma perna. Não consegui evitar o olhar para baixo e ela percebeu meu estranhamento:

— Sim, minha fratura é crônica. Até me acostumei. Nem sei se consigo viver sem este gesso na perna.

Imaginei tantas formas de pedir a chave do casarão, mas apenas disse:

— Posso visitar a casa lá de cima?

— Claro. Janete, acompanhe o moço — e alcançou uma chave à assistente. — Quem entra nessa casa sempre volta, sabia? — completou com um sorriso enigmático.

Como da primeira vez, Janete trazia os olhos postos no chão. Silenciosa, com o mesmo estranho sorriso nervoso a dançar nos lábios. Ao pé da escada, nos fundos da pousada, avistei a enorme construção de três andares com o pinheiro centenário a balançar seus galhos em meio à névoa. Ao me deixar diante da porta de entrada, disse de forma enigmática:

— Não sei o que você veio buscar neste lugar, tomara que encontre. Ou não.

E sumiu no branco da paisagem.

A partir de então, se deu uma espécie de resgate. Eu, só, dentro da casa. Abri janelas, acendi lâmpadas. Nada iluminava os cômodos de forma suficiente, disso me lembrava bem. Retomei certa intimidade com o lugar. Refiz todo um percurso de memória pelo ambiente asfixiante. Então, cheguei ao quarto no qual ficara hospedado dez anos atrás. Avistei a mesma cama de solteiro coberta com lençóis brancos, a mesa de cabeceira, a escrivaninha com cadeira e o armário antigo de madeira escura. Não faltou o lustre preso à parede, com suas lâmpadas idênticas às utilizadas em velórios e que imitavam as velas acesas para os defuntos.

Afastei o guarda-roupas e vi a passagem secreta e o depósito de coisas velhas. Caminhei entre as teias de aranha, elas pareciam ainda mais densas. Com a lanterna do celular, iluminei a pilha de quadros recostada em uma das paredes. Me detive num deles. Um homem de meia-idade. Lábios finos e tensos arqueados para baixo, como se sorrisse ao contrário. Olhos azuis, aguados, de expressão fria. Sobrancelhas espessas, do mesmo castanho claro dos cabelos revoltos, única marca de certa juventude naquele perfil. O nariz afilado lembrava uma águia de unhas afiadas, prestes a atacar a presa e arrancar suas entranhas sem dó nem piedade.

— Esse é o dono do lugar.

Foi impossível segurar o grito de susto em forma de palavrão. Quase caí de joelhos, tal a dor no peito. Janete se materializou logo atrás de mim. Uma chegada digna de assombração: de súbito e do nada. A mulher correu em meu socorro.

— Não é uma boa ideia remexer nessas tralhas. Elas têm uma história triste e cruel.

Enquanto me recuperava, me dei conta de algo, Janete poderia preencher as lacunas da história até então apenas contada em cartas e em retratos antigos. Fomos até a sala que separava os dormitórios. Através da janela, se via o quintal, todo gramado e cheio de árvores frutíferas, e que acabava adiante, no início da montanha forrada de espessa vegetação nativa. Nesse cenário, revelei o motivo de minha volta: a esperança de sair dali com uma boa história a ser recontada em um novo livro e a tentativa de superar o medo provocado pela experiência passada.

Janete confirmou as tragédias ali acontecidas: Morena, a caçula de cinco filhos, apaixonou-se por um dos empregados da propriedade. O pai e os irmãos desaprovaram esse amor. A moça fugiu para São Paulo. Em seguida, começou a corresponder-se com a mãe, que definhava de saudades. O pai prometeu perdoar a ousadia de Morena, caso ela retornasse para cuidar da mãe. Mas a jovem nunca voltou para casa e para o seu amado. Os homens da casa impediram seu regresso. Numa noite, fugiu e, tragédia, caiu da ponte lá na estrada.

— Vou pedir uma coisa — disse Janete num tom de voz baixo. — Vá embora daqui enquanto ainda é possível. A tristeza nestas paredes cola na gente. Ninguém consegue ficar aqui por muito tempo.

A mulher olhava de lado, como se a qualquer momento alguém pudesse surgir de um dos cantos sombrios do casarão. Nada de inédito havia para extrair do lugar. Apenas a mesma história triste e trágica, esmiuçada nas cartas de Morena descobertas anos atrás. Novidade mesmo, foi encontrar a imagem do antigo dono. Um homem cruel, causa da tristeza entranhada no recinto.

Descemos as escadas em meio à névoa.

No salão da pousada, recomeçava o bailinho de carnaval. Me apoiei no balcão da recepção. Na parede, logo acima do armário de chaves, os ponteiros do antigo relógio marcavam onze horas. Em breve, o motorista me levaria embora. Para sempre.

Então, uma situação inusitada se deu. A dona da pousada arrastou o gesso da perna em direção ao palco e falou com o maestro da banda. Os hóspedes abriram um círculo no meio do salão. As luzes diminuíram. Apenas o centro da sala, onde a dona da pousada se posicionou, permanecia iluminado. Os músicos tocaram as notas de um tango e, total surpresa, ela começou a dançar. Sozinha, executava os movimentos complexos e ritmados, como se acompanhada por alguém invisível, e livre do gesso que lhe imobilizava a perna.

Jamais eu imaginara uma cena dessas. Num lugar perdido entre montanhas e névoa, isolado por tempestades apocalípticas, eu escutaria La cumparsita, um dos tangos mais conhecidos do mundo executado com maestria e dançado com precisão e talento.

E senti o aperto no peito. A dor aguda me fez prender a respiração. Com a garganta seca, me arrastei ao lavabo perto da escada. Deixei a torneira jorrar. Molhei o rosto e bebi largos goles de água fria. Me olhei no espelho e, em meio à penumbra, percebi minha palidez. Avistei o círculo iluminado, os instrumentos enchendo o ar de música trágica e triste e a dona da pousada executando os gestos ensaiados. E não estava mais desacompanhada.

Um ar gelado invadiu meus pulmões.

Vi seu par mais cedo em uma imagem presa num quadro: os lábios finos, o sorriso ao contrário, os olhos azuis, aguados frios, o nariz afilado de águia, e que neste momento me encarava no reflexo do espelho oval. Olhar de uma maldade ancestral. Senti a dor tomar conta do peito, me dobrei sobre mim mesmo e caí no completo vazio.

Acordei com os estouros característicos do escapamento do Fusca ao estacionar em frente à pousada. O socorro chegara. Através da janela larga e envidraçada, avistei o motorista entrar no pátio. O salão se encontrava vazio e parcamente iluminado pela luz vinda de fora. Para onde teriam ido os hóspedes? Eu não tinha a menor ideia, nem me interessava saber. Só queria sair dali, desta vez de forma definitiva. Corri até a porta escancarada pelo motorista. Lá fora, a névoa ainda imperava.

— Chegou bem na hora. Vamos embora deste lugar agora mesmo — disse, não conseguindo disfarçar a euforia.

O homem parecia não me escutar. Caminhou até o lavabo. Se abaixou por um momento, resmungou algo inaudível e saiu para fora apressado. Fui atrás dele. Vi quando entrou no Fusca e deu partida no motor. Abri o portão na intenção de embarcar no automóvel.

Me achei diante da janela envidraçada dentro de casa. O carro sumia na neblina. Com os nervos à flor da pele, saí do casarão, abri o portão...

E de novo dei de cara com os vidros embaçados.

Corri ao lavabo.

E me vi caído no chão empoeirado.

As luzes acenderam aos poucos e a marcha de carnaval recomeçou:

"Oh, jardineira, por que estás tão triste?
Mas o que foi que te aconteceu?
Foi a camélia que caiu do galho
Deu dois suspiros e depois morreu."

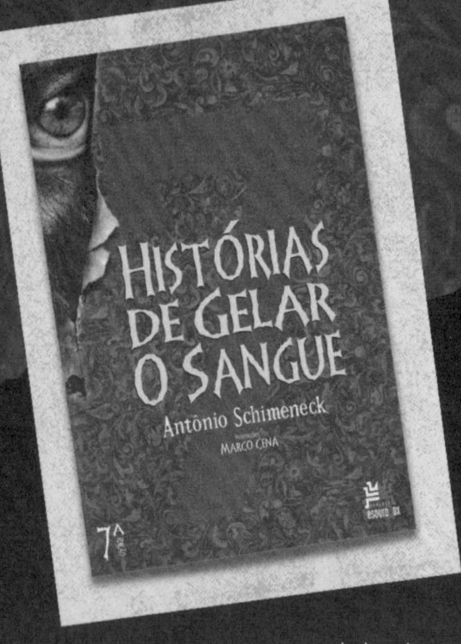

112 págs. | 14 x 21 cm | 978-85-99275-69-6

A luz da vela desenha nas paredes disformes sombras negras que tremem ao movimento casual da chama. Lá fora, o mundo desaba em chuva e vento. Onde está a lua cheia que há pouco flutuava enorme no céu em meio ao nevoeiro gelado? O cenário está pronto para mais um causo de terror, mais uma história de fantasma, lobisomem, vampiro, tesouros enterrados, espíritos errantes. A verdade é o que menos importa agora. O que importa é fazer o coração bater mais forte e o sangue gelar nas veias. O que conta são os olhos arregalados dos ouvintes e a lembrança do narrador que jura que aconteceu. Assim vão se criando e recriando as lendas no imaginário popular, sustentadas pelo medo, pela falta de uma explicação convincente ou pelo simples prazer de conversar. Em 7 Histórias de Gelar o Sangue, Antônio Schimeneck ressuscita com maestria algumas dessas lendas e nos leva a revivê-las com o suspense e o terror que as mantêm vivas até hoje.